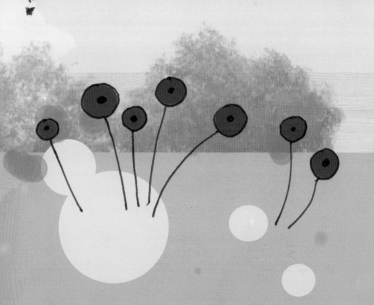
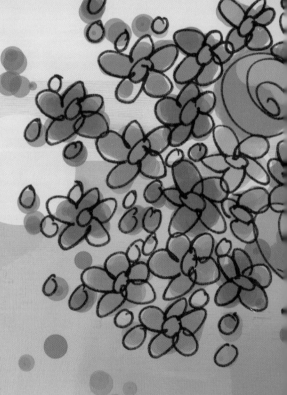

Gros bobo

Gros bobo

JEREMY TANKARD

Texte français
d'Alexandra Martin-Roche

Éditions **SCHOLASTIC**

Oiseau et Raton Laveur jouent à la balle.
Ils s'amusent bien. Mais soudain, Oiseau reçoit
un gros **COUP** sur la tête.

— Aïe! Ça fait très,
très mal, gémit Oiseau.
Il se met à pleurer.

— Oh, non! J'ai blessé Oiseau! s'exclame Raton Laveur. Attends, je sais comment te réconforter.

Raton Laveur donne un bisou à Oiseau, sur son bobo.

Mais Oiseau continue à pleurer.

— Ça fait toujours mal!

— Je suis désolé, dit Raton Laveur.
Allons voir si Lapin sait ce qu'il
faut faire.

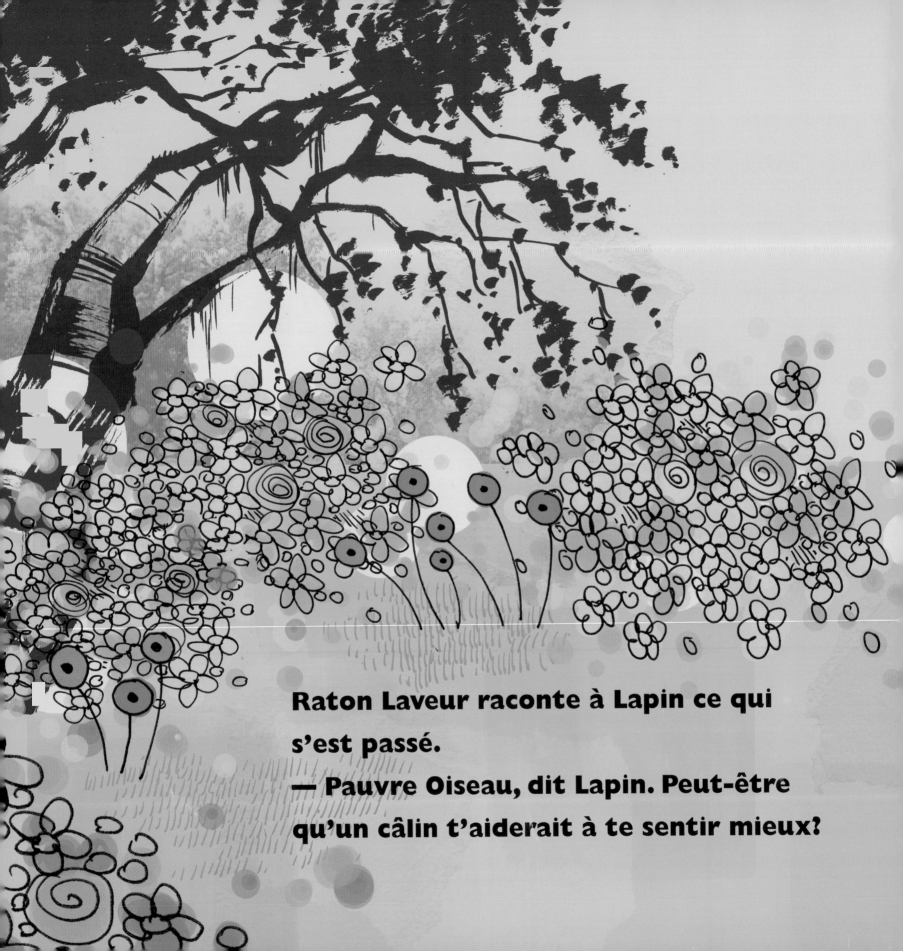

Raton Laveur raconte à Lapin ce qui s'est passé.

— Pauvre Oiseau, dit Lapin. Peut-être qu'un câlin t'aiderait à te sentir mieux?

Lapin fait un câlin à Oiseau.

Mais Oiseau continue à pleurer.

— J'ai toujours mal!

— Allons chercher Castor, déclare Lapin.

Il saura ce qu'il faut faire.

— Tu as besoin d'un biscuit! Tout s'arrange avec un biscuit, affirme Castor.

Et il donne un biscuit à Oiseau.

Oiseau se met à pleurer encore plus fort.

— Je me sens tout étourdi!

— Allons demander à Mouton ce qu'il faut faire, dit Castor. Il a toujours de bonnes idées.

Castor montre le bobo d'Oiseau à Mouton.

— Et si on jouait à cache-cache? suggère Mouton.

Les animaux courent se cacher.

— Tu veux que je me cache? s'écrie Oiseau.

Ne vois-tu pas que JE PEUX À PEINE MARCHER?

— Renard saura sans doute ce qu'il faut faire, déclare Mouton.

Il est si intelligent!

— Oiseau a reçu une balle sur la tête, explique Mouton à Renard. Il a vraiment mal.

— Tu as besoin d'un pansement, répond Renard.

Il disparaît dans sa tanière et en ressort aussitôt.

— Les pansements guérissent tous les bobos.

Renard met un pansement sur la bosse d'Oiseau.

— Le pansement n'y fait rien!
Gros bobooooo! hurle Oiseau.

— **Gros bobooooo!** On a tout essayé! s'écrient tous les amis d'Oiseau en pleurant.

Oiseau regarde ses amis. Il touche sa bosse.

Elle ne lui fait plus vraiment mal.

— Je pense que je me sens mieux maintenant,

déclare-t-il.

Mais ses amis ne l'entendent pas.

— J'ai dit que **JE ME SENTAIS MIEUX MAINTENANT!** hurle Oiseau.

— Regardez!
Oiseau se tient en équilibre sur la tête.

— Tu es vraiment drôle, Oiseau! s'écrient les animaux.
Ils rient et se tiennent en équilibre sur la tête, eux aussi.
— Venez, dit Oiseau. Allons jouer à la balle!

BONG!!!

Pour maman et papa
qui savent guérir
tous les bobos.

Édition publiée par les Éditions Scholastic,
604, rue King Ouest, Toronto (Ontario) M5V 1E1

5 4 3 2 1   Imprimé au Canada   09 10 11 12 13

Le titre a été composé en caractères Golgotha.
Le texte a été composé en caractères Gill Sans Extra Bold.

Les illustrations ont été créées au moyen d'encre et d'outils numériques.

Conception graphique : Marijka Kostiw

Catalogage avant publication de Bibliothèque
et Archives Canada

Tankard, Jeremy
[Boo hoo bird. Français]
Gros bobo / Jeremy Tankard ;
texte français d'Alexandra Martin-Roche.

Traduction de: Boo hoo bird.
Niveau d'intérêt selon l'âge: Pour les 3-5 ans.

ISBN 978-0-545-98773-8

I. Martin-Roche, Alexandra II. Titre.

PS8639.A57B6614 2009   jC813'.6   C2008-906892-0